나비 떼가 나를 자꾸 불러내고

정용기

2001년 『심상』을 통해 시인으로 등단했다.

시집 『하현달을 보다』 『도화역과 도원역 사이』 『어쨌거나 다음 생에는』 『주점 타클라마칸』 『나비 떼가 나를 자꾸 불러내고』를 썼다.

파란시선 0157 **나비 떼가 나를 자꾸 불러내고**

1판 1쇄 펴낸날 2025년 5월 30일
지은이 정용기
인쇄인 (주)두경 정지오
디자인 이다경
펴낸이 채상우
펴낸곳 (주)함께하는출판그룹파란
등록번호 제2015-000068호
등록일자 2015년 9월 15일
주소 (10387) 경기도 고양시 일산서구 중앙로 1455 대우시티프라자 B1 202-1호
전화 031-919-4288
팩스 031-919-4287
모바일팩스 0504-441-3439
이메일 bookparan2015@hanmail.net

ISBN 979-11-94799-02-3 03810

값 12,000원

*이 책은 세종특별자치시와 세종시문화관광재단의 후원으로 발간되었습니다.

나비 떼가 나를 자꾸 불러내고

정용기 시집

시인의 말

꽃밭의 저 나비,
징그러운 애벌레와
막막한 번데기의 곡절을 지나고서야
겨우 얻는 한 쌍의 날개!

찔레꽃은 또 피는데,
애벌레도 번데기도 거치지 않고서
어깻죽지가 가려우니
이 무슨 파렴치란 말이냐!

차례

시인의 말

제1부 잘 익은 알전등 하나

모과

노랗게 불빛 번지는 저 창가에서
먼 길을 고단하게 기어 온 벌레 한 마리,
책장을 넘기고 있다.

점자를 더듬으며 사막을 지나온 시간들이
씨앗으로 자글자글 영글어 가는 저 엄숙한 집,
땅속에서 수맥을 찾아 헤매었던 실뿌리들의 고뇌가
행간마다 페이지마다 들어찬 한 권의 책,
벌레의 자궁이자 무덤인 저 그윽한 향기로
4×6판의 창문 하나가 노랗게 익어 간다.

벌레 옆에 고요히 누워
설레는 책장을 넘겨 보고 싶은,
넘겨야 하는 늦가을, 밤
잘 익은 알전등 하나!

디퓨저

당신의 머리에 스틱을 꽂는다.
당신의 눈물샘에서 기화하는 향기,
외로운 창문에 어리는 꽃그늘이었다가
내가 못 가 본 유럽 항로의 하얀 항적이었다가
결국 나를 옭아매는 독극물인 당신
나는 당신을 훔쳐서 멀리멀리 달아날 것이다.

당신의 머리에 부젓가락을 꽂는다.
당신의 심장에 숨겨 놓은 불씨,
언제나 봄이고 아직도 봄이었다가
내 안으로 성큼 들어와 오래 눌러앉았다가
끝내 나를 어질러 놓는 당신
나는 당신의 뜨거운 꽃밭을 뒤적이는 나비가 될 것이다.

당신의 머리에 빨대를 꽂는다.
당신의 명치에 고여 있는 맑은 저수지,
물낯에 얼비치는 하늘과 산자락이었다가
곳곳에 파다한 바람 소리 새소리였다가
기어이 한 벌 허물로 남는 당신
나는 당신을 등쳐 먹고 나날이 성업 중이다.

빗방울 농사

경칩 지나 봄비 오시는 날

차창에 필사적으로 매달리는 저 빗방울들,
뿌리쳐도 따라붙는 저 난생(卵生)의 결사대,
꼬리를 길게 끄는 저 끈질긴 올챙이 떼,

눈물방울 같은 저 올챙이들을
복장뼈 안쪽에 고이고이 모셔다가
봄밤을 보낼 밑천으로 농사를 지어야겠다.
춘분 청명 어름에는 먹을 것도 지천이라
조팝나무 이팝나무가 차려 내는 수만 그릇 하얀 쌀밥
아침저녁으로 챙겨 주면서 잘 키워야겠다.

날름날름 받아먹으며 뒷다리가 자라고,
앞다리가 생기고, 꼬리가 떨어져 나가고,
봄밤의 들판에 저 양서류들 방생을 하면
울음주머니 부풀려 한 바가지씩 밤새 노래를 쏟아 낼 터
이니
저 갸륵하고 다소곳한 후렴구들로
봄밤은 울울창창 소리의 꽃밭이 될 터이니.

양파의 겨우살이

一

투명한 유리잔 위에 앉아
겹겹으로 둘러싼 비늘들에 대해 골똘히 생각해요
골똘해질수록 은밀하게 자라나는 실뿌리들

겨울은 시간이 지나가는 것이 아니라 온몸에 켜켜이 쌓이는
계절
이따금 창밖에서 나비처럼 눈송이 펄펄 날리는 날은
나비 떼가 나를 자꾸 불러내요
저 날갯짓은 온몸이 귀가 되거나 눈이 되게 하여
켜켜이 쌓인 시간을 들추어 아린 기억들을 끄집어내요

잠시 지나가는 차가운 햇빛에 몸이 가려워지거나
창밖 처마 끝에 열린 고드름으로 갈팡질팡할 때
내 안에 웅크리고 있던 함성이며 독백, 바람과 구름 들이
잠깐 푸른 촛불로 기지개를 켜요

저녁이 내려앉는데도 그 누구에게
온기도 빛도 주지 못하고 내 몸만 파먹는 초록의 촛불
심지에 맹물을 적셔서라도 하늘 끝으로 날아가는
—
새들의 이력을 기록하고 싶었으나

14

봄이 오기도 전에 조난당할 것 같은
이 불길한 예감이라니!

그래도 당신은 불꽃이라고 감히 불러 줄 수 있나요?

책벌레

내 책꽂이에는 소싯적부터 누에들을 그러모아 제본한 시집 수백 권이 가지런하다.

가끔은 그 누에들이 세상 소식을 물고 굼실굼실 내 몸속으로 기어 와 알을 슬기도 했는데, 애벌레와 번데기를 거쳐서 날개를 달고 우화등선하여 금의환향하는 꿈을 키우곤 했다. 세상 소식을 왕성하게 갉아먹고 고요한 시간을 골라 한 잠 자고 두 잠 자고 석 잠 자고 근사한 고치를 만들어 세상을 비단으로 뒤덮고 싶었으나 게으름과 어리석음으로 허송세월이 수십 년

언제부턴가 어둠만이 대출 신청을 하고, 내가 잠든 밤이면 신국판에서 활자를 닮은 애벌레들이 줄줄이 기어 나와 문설주를 갉아먹고, 이방연속무늬의 벽지를 갉아먹고, 잠든 내 발가락을 갉아먹고, 달빛을 갉아먹고, 자정의 고요를 갉아먹고 나 모르는 사이에 무성한 대밭을 일구었다는 풍문이 자자한데,

나는 차마 번데기로 탈바꿈도 못 하고
임금님 앞에는 나서지도 못하고

벌레들이 일군 대밭에 몰래 숨어들어

—임금님 귀는 당나귀 귀

—임금님 귀는 당나귀 귀

듣는 사람 없이 옹졸하게 외치고 있으니,

그레고리 잠자처럼 벌레로 들통나는 아침이 올지도 몰라.

대설

계룡산 아랫동네에서 모임 끝내고 밖으로 나왔는데, 산자락과 어울려 이슥하도록 놀다가 길을 나서는데, 목덜미를 파고들며 눈은 내려서 어둠에 묻힌 길이 하얗게 지워지는데, 어지러운 눈발이 계룡산 능선들을 다 잡아먹는데, 그래도 집으로는 돌아가야 하는데,

차는 자꾸 엉뚱한 곳으로 발길을 돌리려 하고, 두 눈이 붉게 충혈된 짐승 한 마리는 나를 태우고 강릉으로 서귀포로 남해 보리암으로 달아나려 하고, 고속열차가 마지막으로 가닿는 여수쯤으로 가자고 떼를 쓰고, 짐승의 목줄을 다독거려서 겨우 사정해서 집으로 돌아오는데, 짐승과 함께 엉금엉금 기어서 집으로 돌아오는데,

눈은 자꾸 내려서 어둠을 걷어 내고, 내 잠도 알뜰하게 걷어 내고, 나는 밤새 뜬눈으로 눈사람을 여럿 만들어 강릉으로 서귀포로 남해로 보내고, 깜박 든 새벽잠 속에서 여수에 당도했나 고개를 두리번거리고,

아코디언

다람쥐 쳇바퀴만 돌리며 그리움을 다독일 수야 없지
만화방창 꽃들의 그림자에 숨어서 콧노래만 흥얼거릴 수야
없지
저기 봐, 봄이 깊어 가고 여름이 오고 있어
부드러운 바람 다음에 태풍이 밀어닥치고 있어
그대가 나를 은밀하게 호리고 있어

내 고향은 편서풍 불어오는 오월,
푸른 파도가 일렁이는 보리밭
명치끝으로 몰려드는 바람에 돛을 달고
밀물 썰물 수없이 밀려오는 보리밭을 주름잡으며
그대의 창가에서 갓 버무린 염문을 무진장 쏟아 내지
내 심장은 나날이 뜨거워지지

내 청춘은 적도에서 태풍이 올라오는 팔월,
가재도구들을 날리고 창문을 쾅쾅 두드리고
북반구의 머리카락을 쥐어뜯으며
저 거센 비바람과 함께 바다를 접었다 펴지
천둥 번개와 협주를 하면서, 그대에게 닿기 위해
숨소리가 거칠어지고 피가 뜨거워지고……

허수아비 약전(略傳)

一

저이의 혈액형은 보나 마나 B형이다.
뱃속을 채운 지푸라기를 숨기려고
어설프게 봉합한 몸피는 내가 버린 옷을 물려 입었다.
내 표정을 흉내 내면서
바람이 심한 날은 두통에 시달리기도 한다.
조간신문 1면을 읽고 부르르 떨었다가도
뒤가 켕겨서 금세 다소곳해진다.
허약한 다리로 우뚝 서서
뒷배경을 너무 많이 울궈먹었다.
그러니 뒤로 거느린 들판의 황금빛 풍요는
그대의 환심을 사기 위한 속임수이거나 사탕발림.

축복으로 요약할 수 있는 자서전 한 권쯤
눈부신 가을 하늘에 엮고 싶었으나
등덜미를 바람이 자꾸 파먹어 피가 말라 가도
맨드라미 그 핏빛을 수혈할 수 없다.
뱃살이 늘어나고 무릎 관절이 삐걱거리면서
편하게 살기 위해 간과 쓸개를 들어내고부터는
참새도 무서워하지 않는다.
아무도 안 보면 주저앉거나 눕고 싶지만

눕는 날이 죽는 날이다.

가을걷이가 끝나 가고 겨울이 눈앞에 와 있는데
어둠이 밀물져 오는 들판에서 돌아갈 곳 없는,
아무도 저이의 울음소리에 귀 기울이지 않는다.

느티나무 그림자

그림자는 나무가 흔들릴 때마다 달아나려고 몸부림친다.

그림자는 햇빛 아래 염소처럼 묶여 어둠이 데리러 올 때까지 나무 주위를 빙빙 돈다.

그림자는 원심력과 구심력이 뒤섞여서 서쪽으로 달아났다가도 동쪽으로 되돌아온다.

그림자는 반항과 순응의 줄다리기를 하면서 아침저녁마다 탈옥을 꿈꾼다.

그림자는 정오 무렵에는 자신에게 짓눌려 성장통을 앓는다.

봄을 맞이하는 느티나무 이파리의 연둣빛 환희도

산들바람 앞에 안달이 난 가지들의 설렘도

단색으로만 번역하는 이 맑은 서러움 이 헛된 몸짓,

하늘에 양떼구름 몰려다니는 날이면 몰래

꽃밭으로 스며들어 알록달록한 색을 훔쳐 입고 싶었으나

생은 대체로 불친절하거나 냉랭했다.

어쩌면 그림자는 청맹과니,

어쩌면 나는 무기수

동백숲에 들다

　동백, 꽃말이 사랑이라는데 맞나
　타오르는 불꽃의 상징이 맞나

　동백숲에 들면 사랑이 이루어진다는 고전적인 속설에 말려들어 한겨울 동백숲에 들었네. 구경꾼들은 무심하게 돌아다니다가 등을 보이며 떼를 지어 빠져나가는데, 마음속에 숨겨 둔 불씨들 알고 있다는 듯 가지마다 활활 타오르며 알은 체하는 저 붉고 은밀한 얼굴들을 어디서 봤더라? 화인처럼 발자국 찍으며 저 뜨거운 아랫목으로 들어가고 싶었으나 운명은 쉬 허락하지 않았고, 미로 속에서 출구를 찾아 헤매고 있었네. 차라리 이번 생에는 길을 잃은 채 세상으로 통하는 문고리를 닫아걸고 저 삼엄하고도 비장한 불씨들 내 안에 품고 다독거려야 하나. 저 꽃말들 우려내어 가슴 밑바닥에 붉은 잉크라도 고이면 혈서를 써서 보색의 차가운 하늘로 쏟아지는 새들에게 부쳐야 하나.

　출구를 봉인한 채 화르르 불타오르는 저 동백숲에서 화근내 삼키며 서성거리느니
　자백하건대 나를 가둔, 내가 가둔 저 붉은 꽃잎은 이번 생의 배수진이다.

라이너 쿤체

은엉겅퀴를 보아라

뒤처진 새를 보아라

짧고 날카로운 칼 한 자루 들고

세상을 겨누는 라이너 쿤체를 보아라

소설책처럼 두꺼워지는 시집이

난마처럼 얽혀 버린 언어들이

구태여 시를 교수대까지 끌고 가서

모가지에 동아줄을 걸어 놓고

의자를 걷어차고 있지 않느냐

*「은엉겅퀴」, 「뒤처진 새」: 라이너 쿤체의 시.

붉나무

붉도 아니고 북도 아닌,
불이면서도 북인,
붉은 치정을 물려받은 뒤숭숭한 이 족보

만화방창 흥건한 봄날이 불씨로 은밀하게 스며들었거나
양철 지붕 요란하게 밟고 가는 작달비가 몰래 새로 숨어
들었거나

감추어 둔 꽃들, 숨긴 새들이
문을 열어 달라고 아우성칠 때마다 뜨겁게 달아오르던 몸

얼금뱅이 소인이 찍힌 가을은 누가 보낸 것이냐
일렁거리며 타오르는 불꽃들
날개를 퍼덕거리며 몰려나오는 새들
온몸에 고이는 붉은 독,
새벽 무서리로도 식지 않는
이 치명적인 몸부림은 도대체 무엇이냐

나팔꽃 3

—

자백하건대 나는 스파이였다

국경 너머로 사납게 나부끼는 마음 가누지 못해
링거주사에서 방울방울 떨어지는 수액으로
온전히 한 계절 동안 반역을 모의하던,
나는 스파이였다

해바라기의 온정에 기대어 세상 기웃거리고
벽을 타올라 담 너머 동정을 살펴서
적에게 기밀문서를 남몰래 팔아넘겼다
푸른 하늘에 적란운이 무섭게 피어오르던 날
자명고를 찢고 마지막으로 쓰게 웃던,

나는 낙랑공주였다

—

물매화

　지리산 형제봉이 올려다보이는 하동 악양면 노전마을이나
　섬진강 은밀한 물소리가 발바닥을 간질이는 광양 다압면
매화마을에서
　세세연년 기다리던 당신은 오지 않고, 오지를 않고

　궁남지 주변 습지에서나 기다리면 당신은 오려나
　젖은 변방에서나 고대하면 당신 눈길 붙잡으려나
　어쩌면, 장맛비 자욱한 날
　수련이나 가시연꽃에만 마음 머물다가
　무수한 발자국에 섞여서 무심코 지나가려나

　흥건하거나 흐드러진 봄날이 다시 온다는 기약은 없고.

기와불寺

　

7호선에서 내려 5호선으로 갈아타려고 군자역에서 기다
리는데,
함순례 시인의 시 「기와불사(佛事)」가
스크린도어에 가부좌를 틀고 앉아 있는데,
높은 곳으로 오르는 일보다
낮은 곳으로 흐르는 일의 거룩함을
저 시에서 문득 깨달았다면
나는 일주문 앞에 서 있는 셈

칸칸마다 절 한 채씩 실은 전동 열차가 도착하고
기와佛寺로 들어가는데,
속(俗)에서 성(聖)으로 잠시 접어드는데,

보살님과 처사님들로 대웅전이 그득하다

제2부 봄 다음에 또 봄이 오고

백일홍

때때로 찾아오는 폭우로도 식지 않는,
백 일 동안 끊임없이 피고 지는
이 질긴 울음이여
이 고온다습한 통증이여
이 울렁거리는 가슴이여

백 일 동안 뜨겁게 울고 나면
백 일 동안 붉게 앓고 나면
백 일 동안 맹렬하게 두근거리고 나면,

나를 온전히 버릴 수 있을까
한 벌 단출한 그림자로 남을 수 있을까
백일몽 내려놓고 피가 식은 꽃뱀 한 마리가 되어
가을 속으로 스며들 수 있을까

황궁반점 후일담

―
　동지 무렵의 뒷골목은 도둑고양이 한 마리 순식간에 꿀꺽 삼키고 시치미를 뗀다.

　자국눈에 한 줄로 찍힌 발자국을 두고도 골목길은 알리바이를 고집하고 있다.

　매화 향기가 코끝을 스치던 춘분 무렵에 문을 열었던 황궁반점에 무슨 일이 일어났는지 골목길의 어둠은 끝내 침묵하고 있다.

　가랑잎 스산한 골목길에 따뜻한 짜장면을 담아내던 하얀 그릇들이 버려져 있다.

　개업 축하 화분은 주인의 손길을 받지 못하자 말라 버렸다.

　폐업한 황궁반점에는 쥐며느리와 그리마가 몸을 웅크리고 겨울을 나고 있다.

　보름 지난 달빛이 기웃거려도 카운터가 있던 곳의 어둠을 걷어 낼 수 없다.

　주인 내외를 누가 데리고 갔는지, 어디로 흘러갔는지 골목길은 줄곧 묵묵부답이다.

　가로등이 밤새도록 불을 밝히고 빈 점포를 수색해도 행방을 알 수 없다.

＿
　어쩌면 고단한 저잣거리에 염증을 느껴서 황궁으로 돌아

갔을지도 모른다.

십장생을 그린 병풍을 화려하게 세워 놓고 시녀들의 뒷시중을 받으며 부귀영화를 누리고 있을지도 모른다.

악사들이 연주하는 삼현육각의 풍류를 들으며 화들짝 피어난 연분홍 봄꽃을 즐기고 있을지도 모른다.

아니다, 착각이다.

저쪽 큰길가 우람한 크리스마스트리의 꼬마전등이 보름째 밤마다 깜박이며 유리문에 얼비치는 모습이 불러온 착각이다.

일몰증후군

一

벌써 해가 지는군.

여기가 어디지? 누가 나를 여기로 끌어다 놓았지? 너무 멀리까지 왔어. 이제 집에 돌아가야 해 붙잡지 마. 지나온 길 되짚어 가면 꽃무늬 치마 휘날리던 마당에 이를 수 있어. 어린 시절 무지개를 볼 수 있을 거야.

해가 지기 전에 집에 가야 해. 그러지 않으면 어둠이 나를 먹어 치울 거야. 내가 이러고 있을 때가 아니야. 나를 여기까지 끌고 온 거 세월이라고 자꾸 우기지 마. 당신들 실수하는 거야. 내 심장을 갉아먹으며 무릎을 주저앉히며 나에게 업혀서 살아왔잖아. 그림자처럼 따라붙어 내 등 뒤의 어둠을 들추는 당신들이 내 시간을 훔쳐 갔다는 거 알아. 꽃무늬 치마와 결혼반지와 가계부가 든 보따리를 훔쳐가다니 배은망덕하잖아.

퍼즐 조각을 숨겨 놓고 나를 훔쳐보는 당신들, 막막한 오후 세 시도 견뎌 냈는데 이러지 마. 그런데 어디선가 본 듯한 낯이 익은 당신들은 누구지?

그건 그렇고 어둠이 몰려오는데, 버스는 왜 이렇게 안 오는 거야?

一

*일몰증후군: 치매 환자가 해 질 녘에 더욱 불안해하고 망상이 증가하면서 혼돈이 더해지는 현상을 이르는 의학 용어로, '석양증후군(sundown syndrome)'이라고도 함.

띠실마을

연희네 집 앞에는 봄마다 사과꽃이 피고
사과꽃을 열면 띠실마을이 숨어 있고

띠실마을에 가면
봄 다음에 또 봄이 오고

띠실마을 가장 윗집 군불 땐 방에서 자고 나면
석삼년은 젊어질 것 같고,
마을회관 앞에 차를 세우면
꽃잎들이 차창에 몰려와 애원할 것 같고,
뭉게뭉게 구름을 뒤적거리면
어머니가 묻어 놓은 아버지의 고봉 밥그릇이 있을 것 같고,
개미가 줄줄이 소풍을 갈 것 같고,
말더듬증에 시달릴 것 같고,
스무 살에 보낸 편지가 차곡차곡 쌓여 있을 것 같고,
맞선 자리에서 나를 돌려세운 여자가 시집와서 살고 있을
것 같고,

드디어 하지가 오고
밤꽃이 피고

36

논물 속으로 멀리 날아가는 새를 배웅하고 나면
봄이 끝나고 무료한 여름이 올 것 같고,

그러면 더 이상 갈 곳이 없어져 버리고
눌러앉아야 할 것 같고,

매미 1

저 느티나무 아래
산전수전 다 겪은 장삼이사들 틈에
당시선집 옆구리에 끼고 와서
돗자리 깔고 앉아 읊조리는 절창이여!

천축국을 다녀왔노라고,
어두운 땅속과 메마른 사막을 지나
여기까지 왔노라고
저 필부필부들에게 하소연하며
온 몸통으로 엮는,

일생을 바쳐 한 권으로 제본하는
왕오천축국전

매미 2

말복 가까운 날
11층 아파트 방충망을 부여잡고 우는 매미여
저물 무렵의 적막을 먹어 치우며
곡비처럼 고집스럽게 우는 쓰름매미여

캄캄한 지하에서 퍼 올린 저 슬픔은
대출 이자처럼 명치에서 조금씩 불어나고
시간은 밑 빠진 독으로 새어 나가고

저 우여곡절의 소란에 귀를 대면,

살아서는 돌아오지 못하고
영정 사진으로만 돌아온 둘째 형님이
반평생 넘게 오르내리던 초읍동 비탈길이
내 귓바퀴 속에 사무치게 들어앉아 맴도는구나

매미 3

　　짜증 나고 뜨겁고 심란하기도 한 여름날 저물 무렵에
　　소란스럽게 우는 쓰름매미 소리를 두고 갑론을박이 한창
인데

　　수국은 시냴름 시냴름 시냴름 운다고 하고
　　느티나무는 시무룩 시무룩 시무룩 운다고 하고
　　배롱나무는 시르릉 시르릉 시르릉 운다고 하고
　　수크령은 시그널 시그널 시그널 운다고 하고
　　고라니는 시나위 시나위 시나위 운다고 하고
　　해바라기는 시시덕 시시덕 시시덕 운다고 하고
　　청설모는 시벌늠 시벌늠 시벌늠 운다고 하고
　　나리꽃은 시블련 시블련 시블련 운다고 하고

　　이 중에 두어 가지는 귀를 솔깃하게 하는 바가 있어서
　　굳이 없는 시간 쪼개어서 시시껄렁한 잡소리로 이르노니.

사각지대

 무주군 무풍면 산골을 지나다가 도심에서는 이미 져 버
린 벚꽃을 만났다 뒤늦게 화들짝 피었다가 차의 속력에 분
분하게 흩날리며 따라붙는 벚꽃의 아우성, 누가 내 앞길에
저리 알뜰하게 꽃잎 뿌려 주겠는가마는

 저 꽃비 뒤로는 산기슭을 연분홍으로 온통 물들이는 복
숭아밭이 숨어 있다 백미러에 갇혀 멀어져 가는 저 외딴
마을에 여생을 묻어 두고 싶었으나 얼떨결에 지나쳐 버린
사각지대,

 사각지대는 늘 뒤늦게 알아채고
 사각지대는 언제나 절정이었고
 사각지대는 매번 절경이었다

달순 씨 닭집

一

달순 씨, 닭의 배를 가른다
무지개 서던 화양연화의 나날을 수소문한다
누런 비계를 긁어 내고
보름달을 찾는다
지저분한 내장을 걷어 내고
달빛 아래 읽던 연애편지를 찾는다
늑골 안에 갇혀 있을
두근거리는 봄밤을 찾는다
그믐 같은 어둠을 아무리 뒤적여도
날마다 낳던 알을 찾을 수 없고
신데렐라의 유리 구두는 흔적조차 없으니,

달순 씨, 닭을 토막 낸다
훔쳐 간 알을 내놓으라고
몸통을 칼로 내리치고
봄밤의 행방을 밝히라고
대가리를 자르고
날개를 잘라 내고
발목을 끊어 낸다

一

갈고 갈아도 자꾸 무뎌지는 칼
세월과는 도무지 흥정이 되지 않는다고
인생은 늘 남루한 등을 보인다고
구시렁거리며 자기가 내리친 칼날을
자기 가슴으로 고스란히 받아 내는 달순 씨,
앞치마에 핏물과 살점이 묻은 달순 씨,

긴 장마에 축축하게 젖어 버린
달순 씨 닭집

타래난초

나선 모양으로 꼬인
수상꽃차례
초여름 산등성이에
조롱조롱 늘어선 요정들

분홍빛 잇바디에
고르게 들어앉은
어린 손자의
가지런한 이빨들

시소 놀이

손자와 할애비가 시소를 탄다

이순의 무게를 세 살에게 나눠 준다
세 살의 깔깔거림을 이순이 받아 준다
이순의 땅을 차서 세 살의 하늘을 연다
이순이 줄인 몸피만큼 세 살이 받아 온다
이순이 걸어온 길을 세 살에게 펼쳐 보인다
이순이 새를 말하면 세 살은 나비를 날린다
이순이 겨울을 보내고 세 살이 봄을 맞이한다
이순이 비눗방울을 날리고 세 살이 뒤쫓아 간다
이순이 매화꽃을 피우고 세 살이 꽃밭에 뒹군다
이순의 발목이 세 살의 뭉게구름으로 피어오른다
이순이 보라를 보내면 세 살이 노랑으로 응수한다

무게중심을 허물지 않으려고
바람도 짐짓 멈칫한다

나비를 깨우다

一

제기(祭器)를 보관하던 양문 궤짝은 한 해에 서너 번 열렸다
오랫동안 기일과 명절 차례에 맞춰
학생부군 아버지와 현비유인 전주 이씨 어머니의
케케묵은 시간을 끄집어내어 제상에 진설했다

궤짝의 양문을 좌우로 지키던 나비 문양,
궤짝이 열릴 때마다 나비는 날개를 활짝 펼쳐서
봉인해 둔 고인의 삶을 이승으로 실어 날랐다

한동안 따로 모시던 어머니의 기제사를
아버지의 기제사에 합사(合祀)하여 십여 년이 지나고
이제는 명절 차례를 거두겠노라고 했다
아들들은 멈칫거리면서도 시류를 좇아
기제사도 곧 그만둘지도 모르는데

긴 잠을 자던 나비를 깨워 날리노니
현비유인 어머니와 학생부군 아버지의 행장을
꽃송이마다 날아다니며 더듬이로 복기(復棋)하기를,
그리하여 언제든 꽃 피는 곳이라면 흠향(歆饗)하기를

一

46

삼가 엎드려 바라옵나니, 총총

치마폭

겨울밤 등짝은 길기도 길어서
뻔한 줄거리의 주말연속극에 빠져 있는
마누라 옆에 이불 뒤집어쓰고 드러누우니
초저녁부터 아슴아슴 몰려오는 잠이
그윽하고도 그윽하도다.

겨울밤 마누라 치마폭은 넓기도 넓어서
족히 수천만 평은 될 듯하여
비몽사몽에 몸을 맡기고 일렁거리니
드라마 속 권모술수도 다정하여라.
통속적인 치정도 불륜도 달콤하구나.

밤의 허벅지를 베고 누워
귀에 솔솔 스며들어 우북하게 쌓이는 저 어둠을 틈타
밧줄 타고 하늘에서 내려와 한 부족을 일으켜 세운
난생설화의 주인공이 되어도 좋아라.
돈 몇 푼에 통째로 삶을 무너뜨리는
졸장부가 되어도 무슨 상관이랴,
겨울밤 초저녁을 슬금슬금 무너뜨리는 잠이
오지고 오지기만 한 것을.

치마폭에 싸여 나라 말아먹은 고사는 더러 있으나
모란 무늬 홑청의 이불을 서른 살에서 끌어다가
식어 가는 이순을 덮어 주는 손길이 있으니
내 삶은 치마폭에 싸여 뒤늦게 모란이 활짝 피는구나.

반짝반짝 흐드러진 꽃밭
꽃 사이로 슬쩍 손을 집어넣는 추행
문득 여생이 따뜻해지네

25시 편의점

시린 봄밤에
벚나무들이 고분고분 꽃을 피우는 봄밤에
배달 오토바이가 다소곳하게 주인을 기다리는 봄밤에

유통기한이 임박한 삼각김밥에
불어 터진 컵라면 면발을 건져 올리는
24시 편의점의 창백한 청춘들을
창가에 몰려든 벚꽃들이 짐짓 들여다보는 한밤중,
화들짝 꽃 피우고 싶었으나 미수에 그치고
간당간당하게 살얼음 잡힌 하루를 접는 시간

어두운 하늘은 봄눈을 쏟아 낼까 말까 망설이는데
세상은 때때로 가혹하게 꽃샘추위를 몰고 와서
인색하게 한 시간을 덜어 내어 23시 벼랑으로 내밀고
너무 꼬들꼬들하거나 너무 불어 터진 면발을 안기기도
한다

저 시린 어깨 위에 한 시간 더 얹어 주고 싶고
꽃그늘 환하게 드리워 주고 싶고
뜨거운 밧줄 내려 주고 싶은

그리하여 25시 편의점,
지금은 바야흐로 봄

말복

폐경기를 지나고 있는 두 여자가
아등바등 꾸려 나가고 있는
우리 아파트 단지 소고기국밥집이
문을 닫지 않도록

밥통에서 밥을 얼마든지 퍼다 먹을 수 있는
그 밥집 두 여자 수심이 조금이나마 꺼지도록

더위를 무릅쓰고서라도
쓰레빠를 찍찍 끌고 가서
삐딱하게 앉아 다리를 꼬고서
소고기국밥을 조금은 자발없이
한 그릇 퍼먹어야 하느니!

제3부 밀항을 나서야 할 때

복사꽃 피는 밤

이십 년 만에 구두를 샀다

길들지 않은 뒤축이 복사뼈를 자주 집적거렸다
복사뼈가 밤새 근질근질했다
발목에 세 들어 사는 아름다운 짐승 한 마리가 있어
과수원집 연분홍 창문으로 데려다 놓았다
짐승의 목을 단칼에 베어도 밤마다 되살아나
그 창문 안에 사는 당신 곁으로 나를 끌고 가곤 했다

밤이 깊을수록 복사뼈에 울컥울컥 통증이 아리게 쌓일 때
어둠 대신 연분홍으로 속을 채운 창문에 발목을 묻어 놓고
도화원기를 들추거나 도원결의를 맺는 삼국지를 읽어도
당신은 돌아누워 뒷모습만 보여 주고

새 구두 신고 새벽이 올 때까지
당신 뒤를 밟는 일이 순정인지 치정인지 알쏭달쏭하고

낙안들이 나안들로

우리 고향 마을에서 걸어서 한두 시간 되는 거리에 '나안들'이 있습니다. 소리의 높낮이가 아직도 살아 있는 그쪽 지방의 말투로는 서양 7음계 '파미도' 높낮이로 발음하지요. 보잘것없는 면 소재지 동네지만 2일 7일마다 오일장인 '나안들장'이 열리기도 합니다. 당항포 쪽에서 갖고 오는 살아 있는 물가자미도 나오고 염소탕도 먹을 수 있는 곳, 모르긴 해도 멀지 않은 연화산 옥천사의 부처님도 양초를 구하려고 가끔 들르는 곳입니다.

머리에 먹물이 좀 들고 나서야 그 '나안들'이 '낙안들'에서 왔다는 것을 알았습니다. 기러기가 내려앉는 들판, '落雁들'이지요. 우리 아버지나 윗집 소실 할배처럼 낫 놓고 기역 자도 모르는 고향 사람들은 '낙' 자에서 기역 자 없이 말하게 되었습니다. 기러기 내려앉는 들판에서 벼를 베거나 땔나무를 하려고 본의 아니게 갖다가 썼겠지요. '나안들'은 걸어서나 갈 수 있는 곳이고 이종사촌들의 학창 시절 추억이 갈대처럼 무성한 곳입니다.

아무래도 먹물이 든 머리로는 그곳을 찾을 수 없을 것 같아 먹물을 빼고 기역 자도 버리고 언젠가 염소탕을 먹으러

가야겠습니다. 옥천사 부처님도 기웃거리는지 찾아볼까 합니다. 가을걷이하고 나면 빈 들판에 아직도 기러기가 내려앉는지 가 봐야겠습니다.

빨래 보고서

－ 　　황사 잔뜩 몰려온 어제는
　　흐리다가 진눈깨비
　　지독한 황사를 타고 온 흙비를 뒤집어써서
　　솔기마다 스며든 찌든 때로 하루 내내
　　쿰쿰한 쉰내를 풍기며 뜨악했던 날
　　일기예보를 점검하지 못한 허술함
　　우산을 준비하지 못한 부주의는 오랜 고질병

　　오늘은 흐린 뒤 맑음
　　표백제와 유연제로 어제의 불운을 털어 내고
　　베란다 빨랫줄에서 하늘을 건너는 꿈을 꾸는 중
　　어깨를 악물고 있는 빨래집게만 아니라면,
　　가슴이 접힌 채 호흡곤란에 시달리지만 않는다면,
　　무릎이 꺾이는 수모를 겪지만 않는다면,

　　나는 나비이거나 두족류의 연체동물
　　펄럭펄럭과는 친족이고
　　뽀송뽀송과는 연인 관계이고 싶은

＿ 　　내일은, 모레는, 아니아니

58

열흘 한 달 백 년 뒤는 쾌청

그리고 봄이 올 것이라는

스스로의 서글픈 위로

차곡차곡 개켜져 상자 속에 감금될지라도

봄바람에 축축한 우울을 털어 내고

봄볕에 울음을 말리고

빨강 파랑 노랑으로 드날리면서 호사를 부리고 싶은,

꽃무늬를 새기고 쪽빛 바닷물을 들이고 싶은

내일은 모레는 기필코, 기어이,

집게를 풀고 통유리 밖으로 훌쩍!

고양이를 수소문하다

　발정 난 고양이가 자정의 장막을 찢을 때
　다리를 저는 고양이가 유모차에 폐지를 잔뜩 싣고 갈 때
　몸도 제대로 가누지 못하는 고양이가 길가에 주저앉아
횡설수설할 때
　갈 곳 없는 고양이가 석양에 아득한 하늘만 쳐다볼 때
　요양병원에서 고양이가 나들이도 못 하게 되었을 때,

　어머니가 기르던 고양이를 수소문하지요.
　강아지처럼 어머니를 따라다니던 고양이,
　어머니가 겨울 새벽 사랑채 아궁이에 군불을 때거나 소
죽을 끓일 때
　어깨 위에 올라앉아 같이 아침을 맞던 고양이,
　환갑도 지나지 못하고 어머니가 저승으로 가자
　사나흘 식음을 전폐하고 울던 고양이,
　수리재에서 괴나리봇짐과 지팡이와 봉지담배를 마지막
으로 남기고 사라진 고양이,
　전단지를 아무리 돌려도 못 본 지 삼십 년이 넘었는데

　공주산성 아랫동네 창틀에 앉아 있던 고양이,
　36번 국도에서 차에 치여 널브러진 고양이,

카페 누누에 가끔 찾아와서 졸다가 가는 고양이,
다정슈퍼 뒷골목에서 개에게 쫓기는 고양이,

고양이들아, 혹시 너는 우리 고양이를 본 적 있니?

부겐빌레아

부겐빌레아 붉은 꽃을 거느린 마을을 여럿 지났다
그 마을에 사는,
속눈썹이 긴 여인과
코찔찔이 아이들과
어두운 부뚜막에 웅크린 고양이와
이방인을 물끄러미 바라보는 교배종 소가
히말라야 산길을 근 열흘 가까이 따라다녔다

카트만두로 내려왔을 때
온몸에 두드러기가 돋았다
부겐빌레아가 피어올랐다

국경 근처까지 우르르 몰려나와
가지 말라는 듯 부여잡던 꽃,
내 몸에서 타르초로 잠깐 휘날린 꽃,
인도산 진정제로 겨우 달랜 꽃

부겐빌레아,
부겐빌레아

산벚꽃 초대를 기다리다

산길 지나다가 불현듯 뒤가 급했는데
아무래도 희희덕거리는 산벚꽃들의 수다 때문이었겠다
환하게 걸어오는 봄의 치맛자락 때문이었겠다
하여 산벚나무 밑으로 부랴부랴 들어가
엉덩이를 까고 산벚나무 밑을 헤집고 앉았는데,

속엣것이 쑥 빠져나갔다
아니다, 산벚나무가 속엣것을 쑥 뽑아 갔다
물 한 방울 없이, 고약한 냄새 하나 없이
받아먹은 산벚나무가 능청스럽게 시치미 떼고 있었다

옷섶을 여미고 돌아 나오는데
산벚나무가 은근히 내려다보는데,
내년 봄에는 더 푸짐한 꽃 무더기를 싸질러 놓고
나를 초대할 것을 의심하지 않았다
모시고 오라고 집 앞까지 보낸 당나귀 한 마리가
투레질하며 나를 기다릴 것이다

수국

─

나는 수국입니다
말이 좋아 수국이지 흉악한 변덕쟁이랍니다
다 물기 머금은 마음 때문이라고 해 두지요
속임수와 허세 없이는 그윽한 그대 눈길을 끌어올 수 없
었지요
그윽한 그 눈길을 연분홍으로 사로잡아 놓고 주머니를
털어 볼까요
그대 창에서 마른기침 새어 나오면
아마 시린 쪽빛으로 흘려 놓고 심장을 파먹을지 몰라요

나는 수국입니다
듣기 좋아 수국이지 폭탄 돌리기의 명수랍니다
떠벌리고 눈가림하는 건 집안의 내력이지요
장맛비가 따분하면 FM 클래식 음악 방송을 들어 보세요
금관악기가 비눗방울을 보글보글 피워 올리면
축축한 맨발로 그대 등 뒤에 폭탄을 몰래 놓고 가지요
폭탄이 터지면 자주색 꽃잎이 휘날릴지도 몰라요
아니면 당신의 오래된 서랍 속 비밀을 미주알고주알 풀어
놓지요

─

64

헛꽃 속에 당신이 숨겨 놓은 것
숨겨 놓았다가 잃어버린 것이
무엇이었던가요?

아궁이

아버지를 평생 부려먹던 사랑채 아궁이가 허물어졌다
구들장이 보일 정도로 입을 헤벌리고 있다
내려앉은 무쇠 가마솥에 녹이 슬었다

나비처럼 떼를 지어 너울거리는 불땀을 받아들인 방에서
밤마다 부엉이 울음소리를 받아먹고
동지의 바람 소리를 받아 적고
달빛 아래 차오르는 밤안개에 홀려서
머리가 커지고 뼈가 굵어졌는데
저 어두운 목구멍을 어떻게 해야 환하게 밝히나

부엉이와 바람과 밤안개는
오래전 금화와 맞바꾸어 버렸는데
절판된 첫 시집을 뜯어서라도 불을 지핀들
식어 버린 구들장을 덥힐 수 있을까

내 등짝은 자꾸 식어 가는데
저 아궁이 속에
무슨 수를 써서 나비 떼를 풀어놓을 수 있나

편지

초여름 산길,
조록싸리 분홍 꽃잎이
올망졸망 떨어져 있다.

지난밤 고요한 어둠을 비단처럼 펼쳐 놓고
무릎걸음으로 그대에게 다가갔던 골똘한 마음이
조록싸리 꽃잎 한 사발이었나.

또다시 짧은 여름밤을 데려오는
저 산그림자 속 몸져누운 분홍에서
둥근 무릎뼈의 은근함이 만져진다.

저수지

一

물가에 저 수양버들 치렁치렁한 치맛자락이 풀어내는 초록의 물결은 시방 손금의 감정선으로 느실난실 흘러들어 복장뼈 안쪽을 그득 채우면서 바야흐로 저수지를 품게 되었는데,

나는 저수지의 물낯에 찰랑찰랑 어리는 사월의 산그림자를 걷잡을 수 없어 산자락을 밝히는 진달래나 산벚꽃을 호리기 위해 오언절구를 주절거리다가 돌아오는데,

특히나 앞섶을 헤치며 짓쳐들어와 드러눕는 복사꽃을 내치지 못한 채 가슴에 품고 집으로 데리고 와서 식구들 몰래 알콩달콩 깨가 쏟아지는데,

복사꽃 연분홍 꽃잎이 나풀나풀 지분거리니 아슬아슬 견디던 표면장력이 허물어져 저수지 둑이 연분홍으로 와르르르 무너지지는 않을까 애가 타는 봄밤

一

밀항

1.

고성 당항포까지 오십 리
마산 진동만도 오십 리,
바다와는 머나먼 곳인데도
밤이면 작은 시골 마을은
밀물이 밀려와 바다가 되지.
파도 소리 그득한 만수위의 지중해가 되지.

어머니는 뭉게구름 헤치고 목화를 따고
아버지는 산그림자 잠긴 무논에서 쟁기질을 하고
나는 나는 들판에 소를 풀어놓고 들꽃들의 이력을 묻고

2.

표면장력으로 팽팽해진 바다 위로
달빛이 쏟아지던 내 스무 살은
밤마다 바닷속을 자맥질하거나
머나먼 어디선가 근사하게 살고 있을 나에게
죽간을 펼쳐 놓고 편지를 쓰지.

바람 부는 밤이면 대나무 칸칸마다에서
가득가득 쏟아져 나오는 파도 소리로
바다는 끓어오르고, 끓는점을 넘어선
내 스무 살은 정강이뼈에 물이 오르지.
지브롤터해협을 지나 꿈꾸던 밀항을 하지.

3.

이순을 지나 뒤돌아보니
부엉이가 밀항을 부추기는 밤도 없고
스무 살에 쓴 죽간을 꺼내 읽을 수도 없으니
내가 걸어온 길은 조수간만의 차가 컸다.

수십 년간 귓속에 수두룩하게 쌓인 패총을 허물면
발굴되는 것은 물거품뿐이라, 이제
바다를 등지고 작은 마을로 돌아가야 할 때
또 다른 밀항을 나서야 할 때

비가 내리면 오목한 가슴으로 빗물을 받아 안고

수련 몇 포기 품은 채 다가오는 시간을 견디거나
꽃그늘 몇 폭 어리는 물빛을 새기면서
섣부르게 끓어올랐던 욕망을 다독다독 달래야 할 때

수레국화

소만 지나고 망종도 지나 하지 무렵에
공주 제민천 물가에 핀 수레국화야!
수레야, 국화야!
국화는 물가에 혼자 놀게 내버려 두고
수레만 타고 어디로 가서 놀아나 볼까나

가야금 현에서 풀려난 기러기 따라 새털구름 틈바구니
들추어 볼까나
사과꽃에 내려앉는 나비의 심장을 만져 볼까나
날개 부비며 귀뚜라미가 밤새워 우는 법을 배워 볼까나
가을 숲에 들어 다람쥐 볼가심하는 모습을 훔쳐볼까나
구름 속에 사는 여인의 신발 끈 묶어 주고 올까나
고비사막 방울뱀의 방울 소리 들어 볼까나
빗방울로 가지에 매달려 산과 하늘을 머금어 볼까나
운주사 누운 부처님 발가락 열 개가 맞는지 세어 볼까나
저승 언저리까지 갔다가 부모님 안부를 풍문으로 알아볼
까나

이도 저도 안 되면
맨드라미 핏빛 노을 앞에서 혈서라도 쓸까나,

72

수레국화야!
수레야, 국화야!

벼룩시장

一

　고장 난 시간을 펼쳐 놓고
　도깨비들이 출몰하여 난전을 펼치는 곳

　내가 낯선 사람의 그림자를 껴입거나
　나의 전생을 팔아 누군가의 현생을 사거나
　서랍 깊숙한 곳에 감추어 둔 방계혈족들의 케케묵은 삶이
볕 쬐기를 하거나
　이발소 그림에 봉인되어 있던 향수(鄕愁)를 싸구려로 맛보
거나
　운이 좋으면 헐거워진 내 생을 딱지본소설로 만나는 곳

一

하지

기나긴 해가 지고도 좀체 이슥해지지 않는, 저녁노을에 달아오르던 논물의 열기가 시나브로 잦아드는 술시(戌時) 무렵에 개구리 소리 왁자한 들판 길을 걷고 걸어서 묵정밭을 은밀하게 찾아가지요. 느실마을 앞을 지나고 봉천마을 들머리의 개울도 건너서 개망초가 온통 점령해 버린 묵정밭에 닿으면, 어둑발 속에서도 그 하얀 속정을 놓지 못하는 개망초 꽃밭에는 자귀나무 분꽃 고라니 쥐며느리 수달 조록싸리 초승달 소쩍새 들이 일찌감치 와서 기다리고 있지요.

그것들과 함께 둘러앉아 오지랖 넓은 개망초 꽃밭에서 해시(亥時)까지 수건돌리기를 하는데, 개평으로 술을 얻어 마신 초승달의 걸음걸이가 자꾸 꼬입니다. 술래로 잡힌 나는 벌술을 마시는 대신에 내년 이즈음에 노래를 부르겠다고 다짐하고 자리를 파하고 어스름을 틈타 돌아오는데, 먼 산 능선 뒤로 이따금 마른번개가 불꽃놀이처럼 터질 때마다 등짝이 따끔거려요. 그나저나 내년 하지에는 무슨 노래를 불러야 할까요?

제4부 무궁화꽃이 피었습니까

홍도화

녹의홍상 갖춰 입고 멀찍이서 저고리 고름으로 눈물 훔
치는 청승은 이제 버리기로 한다
거울 속에 빠져서 마스카라를 칠하고 분첩 두드리며 한
세상 맡길 낭군을 기다리는 일은 없었던 일로 한다
이미자가 불렀던 여자의 일생을 입안에서 흥얼거리며 끼니
마다 구첩반상 챙겨 주는 현모양처 노릇은 안 하기로 한다
더더구나 술청에서 붉은 치맛자락 휘감아 쥐고 간드러지는
뽕짝에 젓가락 장단 맞추는 짓은 그만두기로 한다
모래시계를 몇 번이나 뒤집었는데 누대에 걸쳐 이어온
얌전함과 다소곳함과는 바야흐로 헤어지기로 한다

에움길 접어드는데 불쑥 앞을 가로막는
봄날의 저 뜨거운 염문,
도화선에 막 불을 붙인
저 소름 돋는 다이너마이트!

층간소음

봄밤은 불온하고 소란스럽다
위층에서 매화가 괴성을 지르며 밤새도록 뛰어다니자
아래층 산수유꽃이 칼을 들고 위층으로 내달아 길길이
날뛰었다
뜨악하게 지켜보던 초승달이 가래침을 돋구어 카악 뱉어
내는데
봄밤이면 내가 괜히 마음이 오그라붙었다

꽃과 열매 사이에서
부패와 발효 사이에서
뭍과 물 사이에서
양심과 앙심 사이에서
바다와 바닥 사이에서
미움과 믿음 사이에서
간사함과 근사함 사이에서
불안과 불만 사이에서
악랄과 발랄 사이에서
악수(握手)와 악수(惡手) 사이에서
소금과 소름 사이에서
남기다와 넘기다 사이에서

치우다와 키우다 사이에서

매화와 산수유꽃 사이에서
까치발로 동동거린 지 어언 예순 해

텰슈뎐(哲秀傳)

一

　텰슈는 금수저 물고 태어나기도 했으나, 어떤 텰슈는 개천에서 나오기도 했다. 텰슈는 총명하여 어려서부터 집안의 자랑이고 때로는 고을의 자존심이기도 했다. 학창 시절에는 '참 잘했어요!' 늘 칭찬을 받았고, 1등 상장으로 벽을 채우고, 시험문제 풀이로는 타의 추종을 불허했다. 성적으로는 별 볼 일 없는 학생들의 귀감이 되어 한때는 초등학교 국정교과서 국어책에서 영희, 바둑이와 함께 단골 인물로 활동하기도 했다.

　1등을 놓치는 일 없이 모범생으로 12년을 마치고 셔블대핵교에 거뜬히 들어가니 텰슈의 부모들은 하늘 높은 줄 몰랐다. 스무 살을 지나면서 어떤 텰슈는 좋아하는 법전에서 길을 찾았고 어떤 텰슈는 출중한 머리로 지체 높은 벼슬길로 나아갔다. 간혹 개천에서 태어나 등잔불 켜 놓고 절차탁마하여 용문에 오른 텰슈도 나오게 되자 경외감을 가진 추종자들이 생겨나기도 했다.

　텰슈는 변신술(變身術)뿐만이 아니라 분신술(分身術)도 남다르다. 머털도사처럼 머리털 뽑아서 날리면 경향 각지에서 텰슈가 여럿 등장하여 백성들의 눈을 헷갈리게 만든다. 텰슈의 취미는 사다리 걷어차기, 특기는 죽 쑤어 개 주기이다. 사다리가 없어 곤욕을 치르는 백성들이 생기기도 하고, 죽

一

먹고 뒤룩뒤룩 자란 개의 뒷갈망을 하느라 눈코 뜰 새 없
거나 불쾌해하는 사람들도 꽤 있다.

가끔은 몰지각한 텰슈가 나타나 민중을 허드레나 개돼지
로 착각하는 발언으로 텰슈의 명예를 실추하는 일이 생기
기도 하지만 쉬 잊혀진다. 왼쪽 깜빡이를 켰다가 느닷없이
오른쪽으로 운전대를 꺾거나 교차로에서 신호를 무시하며
운전하는 텰슈도 있으나 호의호식하는 데 크게 불이익을
받지는 않는다.

텰슈의 또 다른 취미가 철수(撤收)라고 하는 풍문도 떠돌고
있으나 뜬소문에 불과한지 어느 정도는 사실인지 불분명
하다. 다만 선거만 있으면 8:2로 단정하게 가르마를 타고
은근슬쩍 나타나서 사다리를 걷어차기도 하고 죽을 쑤어
개에게 주기도 하다가, 결국 개한테 뒤꿈치를 물려서 철수
(撤收)하여 잠잠해지곤 한다. 어떤 백성들은 그런 텰슈가 다
시 등장하기를 떨떠름하게 기다리며 안부를 묻기도 한다.
텰슈, 안녕! 죽 쑤어 개 준 뒤로 엉망이 된 거 알고 있지?

콩비어천가(○飛御天歌)

*其一

서력(西曆) 2022년 계춘(季春)에 태극기 위에 성조기를 떠받드는 백성들의 함성에 힘입어 용상(龍床)에 오르시니.

임인년(壬寅年) 호랑이해에 제왕의 기운을 찾아 왕궁을 북악산 아래에서 느닷없이 용산(龍山)으로 옮기시니.

*其二

서력 2023년 봄의 도청(盜聽) 의혹에 대해서도 악의성이 없었다고 너그럽게 이해하시고 구긱(國益)을 위해 머나먼 제국을 국빈 방문하여 '날리면' 국왕을 만나 파안대소(破顏大笑)하면서 어찌 되었거나 동맹을 good건히 하시니, 불휘 기픈 남기 ᄇᆞᄅᆞ매 아니 뮐지 엇쎠홀지.

밀애(未來)를 위해 절반의 물을 채운 컵을 들고 왜국에 가서 사쿠라 구경하고 오무라이스 먹고 컵에 나머지 물을 채워 줄지도 모를 그 나라 각료들에게 통 크게 베푸시니, 샘이 기픈 므리 ᄀᆞᄆᆞ래 아니 그츨지 엇쎠홀지.

*其三

석연치 않은 부동시로 인한 병역기피 의혹에 대해 뭇 백
성들이 험담을 해도 꿋꿋하게 헤쳐 내시고, 국군의 날 드
넓은 연병장 가득 질서 정연하게 도열한 육해공군 앞에서
입술을 앙다물고 감격에 겨워 양손 엄지척을 세우시고 거
기다가 손을 흔들고 또 흔드시니.

  독도는 우리 땅이라고 당당하게 말하지 못한다고 뭇 백
성들이 수군대며 뒷담화를 해도 의연하게 견뎌 내시고, 서
해 수호의 날에는 서해에서 희생된 장병을 추모하는 자리
에서 24초간(조선일보는 26초간으로 보도함) 말을 잇지 못
하고 울컥하여 울먹이시니.

  *其四

  그나마 반을 채워 간 물컵을 왜국의 각료들이 깨어 버렸
다고 투덜대는 사람들에게 불같이 화를 내실 만도 한데,
아랑곳하지 않으시는 건히?

  머나먼 아메리카 제국의 국왕에게 뒷덜미 잡혀 끌려다닌
다고 쪽팔리게 생각하는 백성들이 많으니 뒤가 켕기실 만
도 한데, 진짜로 괜찮으신 건히?

─

*其五

서력 2023년 12월 6일 눈코 뜰 새 없이 바쁜 재벌 총수들을 깡통시장으로 불러다가 잠깐의 여유를 선물하시니.
깡통시장 골목에 재벌 총수들과 주욱 늘어서서 떡볶이를 먹으면서 엑스포 유치 실패로 흉흉해진 부산 민심을 달래시니.

*其六

서력 2024년 갑진년 12월 3일 야심한 밤에 종북 세력과 반국가 세력을 상대로 하여 성대하게 축구 시합을 개최하시니.
값진 자살골을 보란 듯이 넣으신 뒤 난리법석을 떠는 지지자들의 아우성에 온 나라가 들썩이는 갑진변란(甲辰變亂)을 손수 이끄시니.

*其七

─

86

역모를 저지른 죄로 의뭉스러운 율사(律師)들을 거느리고
의금부 국문장에 나아가시니.

왕(王) 자를 썼던 손바닥으로 하늘을 가리려고 애썼으나
백성들의 원성이 자자하여 용상에서 쫓겨나시니.

*其八

수십 년의 천신만고(千辛萬苦)와 우여곡절(迂餘曲折)로 다진 나
라의 기틀이 경천근민(敬天勤民)하셔야 더욱 굳으시리이다.

님금하, 아르쇼셔. 거짓 공정(公正)과 가짜 상식(常識)으로 나
라가 멀쩡하리라 믿으니잇가.

*님금하, 아르쇼셔:「용비어천가」125장. 이외「용비어천가」의 어조와
낱말을 빌려 쓴 부분이 있음.

코끼리 냉장고

우리 집 냉장고에는 코끼리가 살아요.

그 큰 몸집으로 어떻게 양문형 냉장고 안으로 들어갔는지 몰라요.

문을 열 때마다 늘 냉랭하기만 하고 냉장칸이 비어 있으면 토라지기도 해요.

한밤중 잠결에도 배가 고프면 부르르 몸을 떨고 신음 소리 같은 투정을 부려요.

나는 코끼리의 집사

코끼리를 먹이기 위해 아파트를 분양받고 차를 굴리고 통장 잔고가 바닥나지 않도록 출퇴근을 하지요.

우리 집 코끼리는 필리핀산 바나나, 뉴질랜드산 키위, 태국산 망고 등 열대 과일을 좋아해요. 가끔은 노르웨이산 싱싱한 생선이나 베트남산 냉동 새우, 러시아 바닷가재, 장항에서 온 서대도 찾아요. 호주의 청정 지역에서 자란 소고기, 스페인산 냉동 삼겹살, 몽골산 양고기도 가리지 않아요. 에스파냐산 아몬드, 미국산 유전자조작 콩, 페루산 퀴노아가 섞인 두유 등 뭐든지 잘 먹어요. 시원한 칭따오 맥주를 마시거나 카리브해 원당의 설탕을 타서 브라질산 커

피를 마시는 날이면 즐거움에 겨워 긴 코로 물을 뿜뿜 내뿜기도 하지요. 양문형 냉장고 문만 열면 코끼리가 일용할 양식이 있고, 진수성찬을 차릴 수 있는 곡창지대가 펼쳐져요.

  코끼리는 나의 감옥, 쉬는 날은 데리고 나가 햇빛을 쬐게 하고 산책을 시켜요. 목욕도 시켜 주고 전기가 끊기지 않게 늘 보살펴요. 현금지급기에서 나온 따끈따끈한 지폐를 코에 물려 주면 어린아이처럼 좋아해요. 먼 나라에서 산불이 나고 물난리가 나도 220볼트의 욕망으로 평온하게 목숨을 이어 가는 잡식성의 코끼리,

  날마다 피둥피둥 살이 오르는 코끼리
  지구를 먹어 치우는 멸종위기종
  우리 집 조왕신

전국학력평가

2학년 7반 네 명 결시
다빈이와 채은이는 3번으로 찍고
윤경이는 4번, 하은이와 주영이는 무작위로 찍어 놓고
1교시부터 본령이 울리자마자 책상 위에 엎드렸다

뻐꾹 뻐꾹 뻐꾸기가 운다
오목눈이 둥지에 알을 낳아 놓고 주변을 맴돌면서 운다
뻐꾸기 소리가 달팽이관을 따라 빙빙 돌면서
몸을 칭칭 옭아매는데, 세상 어지럽고 졸려라

엄마 아빠는 야구광
오목눈이 둥지에 탁란을 해 놓고
관중석에 앉아 화려한 부화를 기다린다네
우렁찬 함성이 귀를 가득 채우기를 기다린다네
뻐꾹 뻐꾹 보채면서 홈런을 기다린다네

엄마 아빠, 타석으로 자꾸 등 떠밀지 마,
나는 홈런을 날릴 자신이 없어
병살타를 치더라도 물어뜯지 마,
제발 커튼 열지 마, 햇빛이 두려워

깨우지 마, 세상이 무서워

달걀귀신

국민학교 뒷간에는 무서운 달걀귀신이 살고 있었는데,
쐬골 사는 봉식이도 달걀귀신에게 혼쭐이 났다는데,
겨우겨우 참다가 똥줄이 타서야 뒷간에 쪼그리고 앉으면
아래쪽 깊은 똥통에 사는 달걀귀신이 불쑥 손을 뻗어
아홉 살 내 사타구니를 움켜쥘 것 같아 오금이 저렸는데,

아가리 벌린 변기에 신문을 펼치고 앉으면
반백 년이 지났는데 지금도 오금이 저린다.
일간지 1면에 사는 달걀귀신이 무서워라
그 옛날 똥통에 살던 달걀귀신이
까마득히 잊고 살던 달걀귀신이
국민교육헌장을 외우면서 살다가
오랜만에 오신 삼촌 간첩인가 다시 보자,
반공 방첩 표어를 외우면서 견디다가 변신술을 부려서
일간지 1면에서 정치를 하고 국회의원을 하고
대통령도 되었다가 기업가가 되기도 하는구나.
고약한 냄새를 풍기니 달걀귀신이 살 만하구나.
달걀귀신 더러워라, 달걀귀신이랑 사는 나도 더러워라.
아가리 벌린 변기가 달걀귀신과 짜고
나를 온통 집어삼키지는 않을까,

달걀귀신 무서워라.

무궁화꽃이 피었습니까

一

나는 늘 등을 보이는 술래입니다.
가위바위보, 늘 지기만 하는 술래입니다.
늘 방심하고 늘 허술합니다.

무궁화꽃이 피었습니다.
무궁화꽃이 피었다고 믿고 늘 뒤늦게 돌아섭니다.
그사이에 검은 그림자가 서서히 다가옵니다.
또다시 무궁화꽃이 피었다고 믿고 돌아섭니다.
내가 못 본 사이에 어둠이 더 가까이 죄어 옵니다.
무궁화꽃이 피었다고 거듭 믿고 또 믿는 그사이에
더러운 손아귀들이 내 등을 덮칩니다.
불온한 덩굴손이 내 목을 조입니다.
날카로운 송곳니가 내 목덜미를 물어뜯습니다.
천기(天氣)를 어지럽히는 자들이
보이지 않는 곳에서 환락의 축제를 벌입니다.
등 뒤에 칼을 숨긴 자들이 내 등을 노리고 있습니다.
음모는 늘 등 뒤에서 발자국 소리도 없이 다가옵니다.

나는 오늘도 술래입니다.

一   내 등이 위태롭습니다.

무궁화꽃이 피었습니까?

단군신화 속편

기어이 인간이 되어 봐야겠어요.

여기는 높고 깊고 축축한 동굴,
장마철의 지루한 폭우와 누수로
꽃무늬 벽지들이 다 젖었어요.
눈길이 닿지 않는 곳은 곰팡이 서식지,
멸시와 혐오의 눈길을 애써 외면하고
불안과 우울을 만지작거리며 하루하루를 보내요.
쑥과 마늘로 연명하며 석 달 열흘을 지냈어요.
아니 석 달 열흘의 골백번도 더 지났던가요?
아득하게 올라오는 저잣거리의 희미한 소음들에
귀를 열어 놓고 배달 오토바이를 기다려요.
택배로 도달할 쑥과 마늘을 기다려요.

누가 나를 여기에 팽개쳤는지 몰라요.
다만 꿈속에서는 까마귀가 자주 출몰하고
나무들이 등허리까지 실뿌리를 뻗치곤 해요.
폭우에 모든 길이 끊겨 버렸으니
칭얼거리며 따라붙던 욕망도 다 버렸어요.
저 곰팡이 핀 벽지에 꽃이 피기 전까지는

문을 열어 줄 수 없겠지만, 혹시
이 은밀한 동굴에 해가 들어
나가게 된다면, 기어이 인간이 된다면
군주가 되거나 왕후가 되어
한 시대를 호령하려고 해요.
자 봐요, 주문한 쑥과 마늘이 또 오는지
엘리베이터 도착하는 소리가 들려요.

내 삶은 해피엔딩이겠지요?

비문증

언제부터 나를 그림자처럼 미행했을까
밀지를 품고 적당한 때를 엿보는 저 자객

내가 눈치라도 채면 맑은 하늘에 떼를 지어 명랑하게 날
아다니는 잠자리가 되거나 물음표나 느낌표인 척하면서
시치미를 떼지
그러다가 잠시 방심하면 또 검은 매지구름이었다가 굼
실굼실 기어다니는 벌레였다가 꼼지락거리는 올챙이 눈알
이었다가 어지러운 하루살이였다가 엉큼한 어둠이 되기도
하면서 나를 온통 끌고 다니지
먼 곳에 마음을 주지 못한 근시안의 부주의와 삶의 뒷면을
읽지 못한 어리석음이 얼룩으로 내 앞을 가로막곤 하지

몇 날 며칠 비바람 지나고 흐림
실핏줄 속으로 언제 흘러들었는지 모를 시궁창 물에
은밀하게 자라나는 장구벌레들
이놈의 모기떼들 빨리 쫓아내야 해
모깃불 피우는 저녁을 데리고 와야 해
맑은 은하수 하얗게 흘러가던 검은 밤을 불러와야 해

반짝 나타난 붉은 노을이 여름 저녁을 한소끔 끓여 내면
선명한 흑백의 눈동자에 줄장미 줄줄이 심어야지
초롱초롱 떠오르는 별자리들의 이름을 붙여야지

맨홀을 엿보다

一 컴컴한 아가리들을 숨긴 저 뚜껑 밑에는 시궁쥐가 살지
얼굴이 두껍고 야행성인, 시궁쥐들의 친애하는 종족들이
살지
속눈썹을 다듬고 핏빛 칵테일을 마시면서 아이라인을 그
리고 잠망경으로 지상을 훔쳐보는 구미호도 살고 있지
시궁창의 시커먼 내장을 들키지 않도록 복개를 하고 뚜
껑으로 꾹꾹 눌러두었지
당신이 자고 있거나, 밥벌이를 위해 넥타이를 매고 출퇴
근을 하거나, 테이크아웃 커피잔을 들고 무심코 거리를 지
나거나, 지분 냄새 풍기며 쇼핑백을 들고 발걸음도 가볍게
집으로 가거나, 휴대전화 액정에 코를 박고 있을 때 시궁
창에는 은밀하게 구정물이 흘러가지
저 골목을 돌아가면 당근과 채찍을 든 포졸들이, 먹물에
찌든 고관대작들이, 당신의 뒤통수를 훔쳐보는 CCTV가,
대차대조표를 든 세리들이 저 맨홀에 골몰하고 있지

피붙이같이 다정한 시궁쥐들아
세상이 무관심해지도록 혹은 환호성을 지르도록 때맞춰
약삭빠르고 파렴치해져라
— 저 맨홀을 눈치채지 못하게 꼭꼭 숨겨라

100

구정물의 악취가 새어 나가지 않도록 빈틈없이 틀어막아라

어두운 물소리가 발각되지 않도록 단도리를 잘해라

뒷다리 들고 오줌발 찔끔거리며 영역 표시하는 개새끼들은 동맹을 맺은 동족이니 각별하게 보살펴라

장마철 폭우로 저 뚜껑이 열리고 오물을 게워 내더라도 정체를 발설하지 말아라

머나먼 코트디부아르

一

　코트디부아르의 광부 로마리크와 그의 가족들은 금을 캐서 먹고산다. 로마리크가 깊은 땅속에서 광석을 캐면 아홉 살 아들이 지상으로 끌어올리고, 부인은 광석 가루와 물을 넣은 큰 쟁반을 빙빙 돌리면서 원심 분리하여 금 알갱이가 쟁반 바닥에 남는지 살핀다. 장차 광부가 될 게 뻔한 어린 딸은 역시 장차 광부가 될 더 어린 남동생을 업고 주변을 맴돈다. 땡볕 아래서 쉬지 않고 일해도 허탕을 치는 날이 있다. 로마리크의 가족들은 일 년 내내 뼈 빠지게 금을 캐면서 조금씩 죽어 간다.

　TV 리모컨을 들고 아귀처럼 먹어 대는 먹방을 보며 군침을 삼키다가, 동유럽 세 나라를 일주하는 홈쇼핑 여행 상품에 귀가 솔깃해지다가, 비키니 입은 여자들이 바닷물에 몸을 담그는 장면을 훔쳐보다가, 별것 아닌 일로 눈물을 질질 짜내는 연속극을 보다가, 돌잔치 선물로 금반지를 해야 하나 행운의 열쇠를 해야 하나 저울질하기도 한다. 말복 무렵 시원한 바람이 나오는 에어컨 앞에서 나는 리모컨으로 로마리크가 더 깊은 땅속으로 기어들도록 등을 떠밀고 그의 아내가 수은으로 더 많은 금을 뽑아내도록 부추기는 중이다.

一

부고

월요일 아침 출근길 36번 국도
로드킬당한 고라니 한 마리
피 한 사발 쏟아 내고 길가에 엎어져 있다

황망하여라
어제저녁 채식 전문 식당에서 같이 밥 먹었는데
밤늦게까지 앞서거니 뒤서거니 강변 거닐었는데
심야 영화까지 보고 집 앞까지 바래다 주었는데
꿈속까지 따라와 아버지 이야기 주절주절 주워섬기며
하지 무렵의 짧은 밤 아쉬워했는데

애달파라
까치수염과 엉겅퀴 지나
찔레덩굴과 때죽나무와 물푸레나무 곁으로
다시는 돌아가지 못하게 되었다니
봄날은 간다고 흐느끼는 백설희의 노래를
이제는 누구와 함께 들어야 하는가

A4 자서전

─ A4 용지 한 장에 내 자서전을 담습니다.

수식어는 없고 주어 서술어가 뒤엉킨 문장으로 내 삶을
요약합니다. 날개 한번 펼쳐 보지 못했습니다. 횃대에 올라
본 적 없습니다. 모래목욕은 내 삶의 목록에 없습니다. 당
신들이 큰맘 먹고 마련해 준 사글셋방에서 날마다 사글세
를 지불합니다. 배터리 케이지 안에서 애비 없는 알을 날
마다 낳아 줍니다. 대사에너지가 높다는 사료가 지겨울 때
때때로 죽은 동료를 쪼아 먹는다고 비난하기도 하지만 당
신들이 탈탈 털어 간 내 삶이 좆같습니다. 당신들이 핥아
먹느라 헐어 버린 내 똥짜바리가 역겨워 미치겠습니다. 종
이 한 장에 갇힌 내 삶이 추악하여 깃털을 뽑으면서 자해
를 하고 악몽에 시달립니다. 추레한 내 삶을 A4 용지 한
장으로 마무리합니다. 방금 낳은, 갓 복사된 A4 용지의 뜨
듯한 자서전 한 장을 당신들에게 부칩니다.

종이 한 장으로 내 삶을 망쳐 버렸습니다.

*배터리 케이지: 산란계를 한정된 공간에서 밀집 사육하기 위해 사용하
는 케이지. 일반적으로 케이지 한 개의 크기는 가로 50㎝, 세로 50㎝,
높이 30㎝이며 한 케이지에 산란계 여섯 마리 정도를 사육한다고 함.

예순의 봄날 동안 잘 익은 시집 하나

정재훈(문학평론가)

정용기 시인의 이번 시집을 읽으면서 바로 직전 시집인 『주점 타클라마칸』(걷는사람, 2022)의 「시인의 말」이 떠올랐다. "찔레꽃 향기"를 "저잣거리"에서 사고팔면서 나누는 이웃 간의 따뜻한 정이 느껴졌고, 그 속에 "환희"와 "울음" 사이에서 무엇으로 정의해야 할지 난감한 상황을 순순히 받아들여야만 했던 때가 떠오르면서, 무엇보다 "공짜로 챙긴 풍광" 뒤에 감춰진 "그늘진 곳"을 향한 뒤늦은 회한이 여운처럼 감돌았다. 그렇다면 여기에 '살아 있는 시'로서의 조건들은 무엇이 있을까. 향기를 구분하는 주의력, 그리고 환희와 울음을 둘러싼 공감과 사랑, 또한 그저 보잘것없다고 할 수 있는 풍광에도 크나큰 감동을 느끼는 여유로운 마음인지도 모르겠다.

꽃은 언제든 때가 되면 약속된 향기를 우리에게 선사하며, 환희와 울음은 서로 간의 얼굴에서 피고 지며 그렇게 나눠 가져진다. 지금까지 자연은 인간을 공짜로 품어 왔고,

105

그렇게 우리는 자라났다. 하지만 이것이 마냥 어머니와도 같은 포근함만 주는 것은 아니다. "그늘진 곳"(죽음)은 '살아 있는 존재'라면 언젠가 돌아가야 할 곳으로서 존재의 그림 자처럼 항상 자리 잡고 있다. 나무는 새의 날갯짓을 불러 오고, 꽃에는 나비의 그림자가 드리운다. 나무는 새의 날갯 짓이 있었기에 하루도 움직이지 않았던 적이 없었고, 꽃은 어제의 나비 그림자를 끝으로 내일의 죽음을 맞이한다. 정 용기 시인은 지금도 손끝으로 건져 올린 자연적 심상을 펼 쳐 보이는 데에 한 치의 부자연스러움이 없다.

경칩 지나 봄비 오시는 날

차창에 필사적으로 매달리는 저 빗방울들,
뿌리쳐도 따라붙는 저 난생(卵生)의 결사대,
꼬리를 길게 끄는 저 끈질긴 올챙이 떼,

눈물방울 같은 저 올챙이들을
복장뼈 안쪽에 고이고이 모셔다가
봄밤을 보낼 밑천으로 농사를 지어야겠다.
춘분 청명 어름에는 먹을 것도 지천이라
조팝나무 이팝나무가 차려 내는 수만 그릇 하얀 쌀밥
아침저녁으로 챙겨 주면서 잘 키워야겠다.

날름날름 받아먹으며 뒷다리가 자라고,

앞다리가 생기고, 꼬리가 떨어져 나가고,

봄밤의 들판에 저 양서류들 방생을 하면

울음주머니 부풀려 한 바가지씩 밤새 노래를 쏟아 낼 터이니

저 갸륵하고 다소곳한 후렴구들로

봄밤은 울울창창 소리의 꽃밭이 될 터이니.

—「빗방울 농사」 전문

　"경칩"은 시적 상상으로 연결 지을 수 있는 절기이다. 겨울잠에서 깨어난 만물의 생동을 '시어'의 탄생으로 빗대어 보기 충분하다. 온몸으로 켜켜이 쌓아 둔 시간을 털어 내고 약속된 봄의 초대에 응할 준비를 한다. 위 시의 화자에게 "봄비"는 그저 당연한 자연현상이 아니라, 축복 그 자체다. 빗방울을 그러모아 "고이고이 모셔" 두고 이것을 삶의 "밑천"으로 삼아 한 해 농사를 짓기 시작한다. 방울방울이 알(卵)처럼 보이다가도 어떨 때는 밤하늘의 별처럼 반짝였을 것이다. "아침저녁으로 챙겨 주면서 잘 키워야겠다"라는 마음은 마치 '어미'의 그것처럼 넓고 포근하지만, 이 양육으로의 돌봄은 혼자서만 할 수 있는 일이 아니다. 그래서 "방생"은 그것을 독점하지 않고 일부를 자연에 맡기려는 겸손한 몸짓이다.

　또한 주목할 부분은 바로 "차창"을 경계로 벌어지는 시차(時差)이다. "필사적으로 매달리는 저 빗방울들"의 몸짓은 인위적이고 강제된 속도에 대한 본능적인 반응이다. 문명의 이기인 자동차의 속도는 "경칩"의 시간을 모른다. 그리고

"봄밤의 들판"에서 "양서류들"이 방생되어 자라나는 시간, 여러 나무들이 "수만 그릇 하얀 쌀밥"을 짓는 풍경, "춘분 청명 어름에는 먹을 것도 지천"인 것과는 뚜렷하게 대비되는 광경이 있으니, 그것은 바로 "양문형 냉장고 문만 열면" "진수성찬"처럼 쏟아지는 온갖 식품들("미국산 유전자조작 콩, 페루산 퀴노아가 섞인 두유 등")이다(「코끼리 냉장고」).

  자본주의 시대에 '진정한 음식'을 만들며 '발효'라는 자연적 시간의 가치를 설파한 와타나베 이타루가 『시골 빵집에서 자본론을 굽다』(더숲, 2014)에서 밝혔듯, 음식은 단순한 먹거리가 아니라 인간의 삶 그 자체에 관한 본질적인 문제이며, 나아가 이것은 공동체의 가치를 일깨워 주는 소중한 계기가 된다. 위 시에서는 "먹을 것"들의 문제만이 아니라, "울울창창 소리의 꽃밭"도 펼쳐지는데 이것은 곧 '소리의 풍요'이며 누구에게나 공짜처럼 제공되는 것이다. 크고 빽빽한 소리는 소수에게만 독점되지 않고 (소리를 들을 수 있는 범위 내의) 모든 이들이 함께 듣고 감정을 나눌 수 있는 정서적 공공재다. 겨우내 움직이지 못한 채로 켜켜이 쌓인 아련함과 적막감을 저마다 털어 내고 그렇게 "내 안에 웅크리고 있던 함성"을 거침없이 쏟아 내는 축제의 서막이 마침내 열리게 되는 것이다(「양파의 겨우살이」).

  봄밤은 불온하고 소란스럽다
  위층에서 매화가 괴성을 지르며 밤새도록 뛰어다니자
  아래층 산수유꽃이 칼을 들고 위층으로 내달아 길길이 날

뛰었다

　뜨악하게 지켜보던 초승달이 가래침을 돋구어 카악 뱉어
내는데

　봄밤이면 내가 괜히 마음이 오그라붙었다

　꽃과 열매 사이에서

　부패와 발효 사이에서

　뭍과 물 사이에서

　양심과 앙심 사이에서

　바다와 바닥 사이에서

　미움과 믿음 사이에서

　간사함과 근사함 사이에서

　불안과 불만 사이에서

　악랄과 발랄 사이에서

　악수(握手)와 악수(惡手) 사이에서

　소금과 소름 사이에서

　남기다와 넘기다 사이에서

　치우다와 키우다 사이에서

　매화와 산수유꽃 사이에서

　까치발로 동동거린 지 어언 예순 해

　　　　　　　　　　　　　—「층간소음」 전문

"매화와 산수유꽃 사이"에는 얼마나 많은 꽃잎과 향기들이 방생되었을까. 밤새도록 뛰어다니고 길길이 날뛰는 동안에 "사이"가 빼곡하게 채워진다. 눈에 보이거나 혹은 보이지 않더라도 이때 벌어진 불온한 소란스러움은 충분히 시적이다. 관습으로써 거리를 두어 배치되었던 행간들이 붉게 요동친다. "심장에 숨겨 놓은 불씨"가(「디퓨저」) 되살아나서 다시 활활 불타려면 "사이"가 너무 멀어서는 안 된다. 소음을 견디면서 간신히 잠이 들었다고 하더라도 그사이에 나비들이 불씨처럼 날아와 여기저기 헤집어 놓을 것이다. 서로의 심장에 불씨를 나누어 가졌던 그때를 떠올리면서 그동안 닫혔던 "문을 열어 달라고 아우성칠 때마다 뜨겁게 달아오르"는 향기가 다시 채워질 것이다(「붉나무」).

"예순 해" 동안 살아오면서 얼마나 많은 "사이"를 오갔을까. "꽃과 열매 사이에서"는 봄을 비롯해 여러 절기를 온몸으로 느끼면서 꽃의 색감과 열매의 향기를 이따금씩 새로이 발견하기도 했을 것이다. 누군가와의 "미움과 믿음 사이에서"도 그때 그 사람들의 얼굴을 다시 떠올리면서 당시에 어떤 표정들을 지었는지 가만히 기억을 더듬어 봤을 것이다. 이처럼 시인에게 "사이"라는 시적인 사건은 시공간적 행간의 뒤바꿈이며, 이따금씩 익숙하지 않은 것들의 출몰이 발생하는 순간이다. 누구는 심각한 공해라 말하는 "층간소음"이라는 것도 이 "사이"에 들어가게 된다면 전혀 다르게 들릴 수 있다. 즉, 아무런 소리도 들리지 않았을 때 느끼는 적적함보다는 가끔씩은 "층간소음"마저 위로가 될 때도 있는 것이다.

무주군 무풍면 산골을 지나다가 도심에서는 이미 져 버린 벚꽃을 만났다 뒤늦게 화들짝 피었다가 차의 속력에 분분하게 흩날리며 따라붙는 벚꽃의 아우성, 누가 내 앞길에 저리 알뜰하게 꽃잎 뿌려 주겠는가마는

저 꽃비 뒤로는 산기슭을 연분홍으로 온통 물들이는 복숭아밭이 숨어 있다 백미러에 갇혀 멀어져 가는 저 외딴 마을에 여생을 묻어 두고 싶었으나 얼떨결에 지나쳐 버린 사각지대,

사각지대는 늘 뒤늦게 알아채고
사각지대는 언제나 절정이었고
사각지대는 매번 절경이었다

—「사각지대」 전문

불온하고 소란스러웠던 봄밤은 끝났다. 앞서 본 「빗방울 농사」의 시차(時差)가 여기서는 시차(視差)로 바뀐다. 이제는 "앞길"에 펼쳐진 풍경을 조금이라도 더 눈에 담고 싶어지고, 분분하게 흩날리는 꽃잎의 시간마저도 소중하게 느껴진다. 언제 이렇게 꽃들이 피고 지었을까, 라며 뒤늦게 화들짝 놀라기도 했을 것이다. 빗방울들이 필사적으로 매달렸던 "차의 속력"은 조금도 줄어든 것 같지가 않은데, 축제처럼 한가득 피었던 꽃잎들은 어느덧 그때의 소란스러움을 죄다 바닥으로 떨구었다. 한껏 내질렀던 "벚꽃의 아우성"이 희미한 메아리로 흩어져 바닥을 뒹군다. 자꾸만 뒤

를 돌아볼 때가 많아진다. 뭔가 "얼떨결에 지나쳐 버린" 것들이 많아서인지 이따금씩 뒤통수가 큉하다.

예순을 맞이하면서 문득 "외딴 마을에 여생을 묻어 두고 싶었"을까. 그늘진 곳으로 조금씩 기울어 가는 삶에 그때의 찬란한 봄밤은 또다시 찾아올까. 지금까지 늘 봄을 한발 늦게 발견하고 감탄만 했지만, 이제는 나이를 먹어서인지 그늘진 곳이 '나'보다 먼저 와 있는 것 같기도 하다. 하지만 아직 살아 있기에 나름의 속도로 달리는 중이다. 눈앞에는 가야 할 길이 남았고, 오그라붙은 마음에도 딩구는 맛이 있다. 바람에 분분히 흩날리는 꽃잎과 엇비슷한 속도지만, 여생을 묻어 둘 곳으로 점찍어 놓은 그늘진 곳과는 정확히 반대 방향이다. "사각지대"는 언제든 열려 있다. 그동안 "내가 걸어온 길은 조수간만의 차가 컸다"라고 큰소리쳤으니(「밀항」), 남은 길 위에 어떤 풍경이 펼쳐져도 크게 놀랄 일이 없다.

정용기의 시들을 읽다 보면 "식어 가는 이순"의 마음에 유일하게 불을 지필 수 있는 것이 '시'라는 생각이 든다(「치마폭」). 시인은 오늘도 시를 통해 매번 또 다른 밀항을 시도하면서 욕망을 다독이던 시절을 복기한다. 쇠약해지고 있는 탓인지 아름다웠던 것보다는 이상하게 쓰라림이 먼저 다가온 적도 많았을 것이다. "먼 곳에 마음을 주지 못한 근시안의 부주의와 삶의 뒷면을 읽지 못한 어리석음"으로 눈앞이 하얗다(「비문증」). 그리고 배고픈 시절과는 또 다른 "황금빛 풍요"가 펼쳐진 지금 이곳에서 "어설프게 봉합한 몸피"로 간신히 서 있을 뿐이다(「허수아비 약전」). 그런데 이상하다. 주변에 온갖 환락이 넘쳐나고 있는 와중에 누군가의 '울음소리'는 점점 크게 들린다. 게다가 이 거짓된 풍요가 끝나고 언젠가 혹독한 겨울이 찾아올 때, 정말로 무시무시한 어둠이 누군가의 목덜미를 차갑게 물어뜯을 것 같다.

나는 늘 등을 보이는 술래입니다.
가위바위보, 늘 지기만 하는 술래입니다.
늘 방심하고 늘 허술합니다.

무궁화꽃이 피었습니다.
무궁화꽃이 피었다고 믿고 늘 뒤늦게 돌아섭니다.
그사이에 검은 그림자가 서서히 다가옵니다.
또다시 무궁화꽃이 피었다고 믿고 돌아섭니다.
내가 못 본 사이에 어둠이 더 가까이 죄어 옵니다.
무궁화꽃이 피었다고 거듭 믿고 또 믿는 그사이에
더러운 손아귀들이 내 등을 덮칩니다.
불온한 덩굴손이 내 목을 조입니다.
날카로운 송곳니가 내 목덜미를 물어뜯습니다.
천기(天氣)를 어지럽히는 자들이
보이지 않는 곳에서 환락의 축제를 벌입니다.
등 뒤에 칼을 숨긴 자들이 내 등을 노리고 있습니다.
음모는 늘 등 뒤에서 발자국 소리도 없이 다가옵니다.

나는 오늘도 술래입니다.

내 등이 위태롭습니다.

무궁화꽃이 피었습니까?

―「무궁화꽃이 피었습니까」 전문

봄밤을 비롯한 '어둠'은 시인에게 마치 샘물과도 같은 시적 자양분이었으나, 그렇다고 모든 어둠이 그러한 것은 아니다. 앞서 본 "황금빛 풍요"라는 것도 자연과 인간 간의 관계에서 비롯된 진정한 풍요로움이 아니라, 물질 추구에 따른 환락과 거짓으로 인해 만들어진 더러운 세계의 뒷면이었다. 어린 시절에 했던 추억의 놀이가 만약 지금에 와서 추악하게 변질된다고 한다면 그것만큼 씁쓸하고 혐오스러운 것도 없을 것이다. 꽃이 피었다는 천진한 말의 공감은 시들어 버렸고, 모두가 축제를 통해 나눈 즐거움은 이제 음흉한 자들만의 환락으로 오염됐다. 위 시의 어둠도 그렇게 더럽혀졌다. "더러운 손아귀"와 "불온한 덩굴손"이 그득한 어둠은 호시탐탐 누군가의 목숨줄을 노린다. 거짓된 풍요가 인간을 고립시켰듯이, 게임처럼 펼쳐지는 잔인한 경쟁 구도 속에서 약자들은 누구의 관심도 받지 못한 채 또 다른 "사각지대"로 내몰린다.

위 시의 "등"은 동음이의어일 수도 있다. 사람에게 가장 취약한 "사각지대"라 할 수 있는 등(背)이면서도 어둠 속에서 유일하게 빛나는 등(燈)으로도 보인다. 엄숙하고 그윽한 집의 향기는 "한 권의 책"으로 익어 갔고(「모과」), 이것은 그

야말로 어둠 속에 빛나는 고귀한 정신을 가리킨다. 하지만 어느덧 그 유일한 집은, 누군가의 고귀한 그 정신적 성소는 기이하게 "높고 깊고 축축한 동굴"이 된 지 오래다. "꽃무늬 벽지"는 "장마철의 지루한 폭우와 누수"로 인해 다 젖어서 썩어 갔다. 이미 "인간"이었음에도 불구하고 그것을 망각한 채 "기어이 인간이 된다면" 세상을 향해 떵떵거리면서 "해피엔딩"으로 살 것이라고 길길이 날뛴다.(「단군신화 속편」) 차분하게 '가공된 인간'은 디지털 액정 화면 안에서 행복한 표정만을 지었을 뿐, 정말로 그 인간을 봤다고 하는 이들은 단 한 명도 없었다.

이렇듯 시집 후반부에 있는 몇몇의 시들은 상당히 어둡다. 그 몇몇의 시들로 이어지는 어둠의 터널 같은 것이 있는 듯하다. 발밑에 "시궁창의 시커먼 내장"은 이곳 세상 자체가 하나의 거대하고 기괴한 괴물이 아닌지 의심하게 만든다. 환락과 거짓의 꽃밭이 된 "휴대전화 액정에 코를 박고" 구정물을 꿀처럼 빨아 대는 모습은 이곳의 자연스런 풍경이 되었다.(「맨홀을 엿보다」) 먼 타국의 어느 가족들이 "일년 내내 뼈 빠지게 금을 캐면서 조금씩 죽어" 가는 장면을 보여 주던 디지털 액정은 빠르게 다른 화면으로 넘어간다(「머나먼 코트디부아르」). 모든 것들이 바삐 지나가는 세상에 등 떠밀리며 살아도 정용기는 아직까지 '시인'으로 살아 있다. 그가 봄을 노래하면서 뿌린 "뜨거운 염문"은 이제 어느 정도로 익었을까. 때가 되면 그 문장들은 정말로 "다이너마이트"처럼 폭발할지도 모른다.(「홍도화」) 행간과 페이지마다 작약된 문장들이 누군가의 눈빛으로 점화된다면 그 폭발력은 가히 상상을 초월할 것이다.

　시린 봄밤에
　벚나무들이 고분고분 꽃을 피우는 봄밤에
　배달 오토바이가 다소곳하게 주인을 기다리는 봄밤에

　유통기한이 임박한 삼각김밥에
　불어 터진 컵라면 면발을 건져 올리는
　24시 편의점의 창백한 청춘들을
　창가에 몰려든 벚꽃들이 짐짓 들여다보는 한밤중,
　화들짝 꽃 피우고 싶었으나 미수에 그치고
　간당간당하게 살얼음 잡힌 하루를 접는 시간

　어두운 하늘은 봄눈을 쏟아 낼까 말까 망설이는데
　세상은 때때로 가혹하게 꽃샘추위를 몰고 와서
　인색하게 한 시간을 덜어 내어 23시 벼랑으로 내밀고
　너무 꼬들꼬들하거나 너무 불어 터진 면발을 안기기도 한다

　저 시린 어깨 위에 한 시간 더 얹어 주고 싶고
　꽃그늘 환하게 드리워 주고 싶고
　뜨거운 밧줄 내려 주고 싶은

　그리하여 25시 편의점,

116

지금은 바야흐로 봄

─「25시 편의점」 전문

　봄은 다시 왔다. 도시의 봄밤은 시리고 황량하다. 이곳의
봄밤은 방생도, 노래도, 울음도 없다. 예순의 봄밤을 "창백
한 청춘들"이 물려받았지만, 아직도 겨울이다. 벚꽃은 예
나 지금이나 그대로 피었는데 정작 그 밑에서 하루하루를
살아가는 "창백한 청춘들"은 아무런 삶의 의미도 채우지
못한 채 공허할 뿐이다. 그사이에 도시의 속도는 진화했
다. 빗방울을 차창에 매달고 치닫던 속도는 시장의 요구에
발맞춰 경량화되었다. "배달 오토바이"와 "유통기한"에 쫓
긴 청춘들의 하루의 일당은 언제나 얄팍하기만 하다. 온갖
것들이 다 있다는 편의점에는 정작 있어야 할 것들이 없었
다. 꽃처럼 피어나야 할 존재들이 "꽃샘추위"를 온몸으로
견디며 "간당간당하게" 버텼다. 예순의 시선은 손자를 대
했을 때처럼 자신이 가진 "한 시간"이라도 저들에게 나눠
줘야겠다고 마음먹었을 것이다.
　그 예순의 마음에서 비롯된 "뜨거운 밧줄"은 뜨끈한 밥
과 같다. 차가운 "삼각김밥"과 "불어 터진 컵라면" 같은 인
스턴트식품이 아니라, "밥통에서 밥을 얼마든지 퍼다 먹을
수 있는" 정겹고 뜨거운 밥상을 그들 앞에 펼쳐 줘야 했다
(『말복』). 아직 살아 있는 존재의 온기를 수소문해 온 시인에
게 '시'는 인간이 품어야 할 환희와 울음이었다. 그렇게 시
를 쓸 때마다 그의 마음은 "소리의 높낮이가 아직도 살아

117

있는" 곳으로 향한다(「낙안들이 나안들로」). 정말로 "폭탄이 터지면 자주색 꽃잎이 휘날릴지도" 모르고, "아니면 당신의 오래된 서랍 속 비밀을 미주알고주알 풀어놓"아야 할지도 모른다(「수국」). 앞으로 채워 나가야 할 찬란한 순간들이 비록 많지는 않겠지만, 적어도 바쁜 시간에 쫓겨 "차곡차곡 개켜져 상자 속에 감금"된 삶을 살아서는 안 된다고 시인은 저들에게 말해 주고 싶었을 것이다(「빨래 보고서」).

시집 마지막에 실린 짧은 "자서전"을 쓴 이가 누구인지는 중요하지 않다(「A4 자서전」). 이 짧은 생의 기록들이 청춘들을 포함한 "당신들"에게 읽힐 수만 있다면 그것으로 충분하다. 그러니 만약 시간이 된다면, "뜨듯한 자서전 한 장" 위에 가만히 손을 올려놓고 인간다운 온기를 손끝으로 느껴 보길 바란다. 여기까지 눈빛이 당도했다면, 당신들은 이것으로 '정용기'라는 한 사람의 불온하고 뜨거운 자서전을 읽은 것이다. 문법에 맞지 않는 "뒤엉킨 문장"들이 실뿌리처럼 어지럽게 보여도 그 위에 피어날 "초록의 촛불"을 상상하라(「양파의 겨우살이」). 촛불을 켜면 아이러니하게도 주변이 어두워질 것이니 그때 다시 이 시집의 맨 앞으로 되돌아가서 지금도 변함없이 "잘 익은 알전등 하나"를 가만히 올려다보라. 아무것도 적혀 있지 않은 "한 권의 책"이 눈앞에 펼쳐져 있을 것이다.(「모과」) 자, 그럼 이제부터 거기에 당신의 이야기를 쓰라.